Vegetable Dreams

Huerto soñado

Written by / Escrito por Dawn Jeffers
Illustrated by / Ilustrado por Claude Schneider
Translated by / Traducido por Eida de la Vega

To my loving daughter, the source of my inspiration – DJ
For Laura, my favorite first child – CS

Jeffers, Dawn.

Vegetable dreams / written by Dawn Jeffers ; illustrated by Claude Schneider ; translated by Eida de la Vega = Huerto soñado / escrito por Dawn Jeffers ; ilustrado por Claude Schneider ; traducción al español de Eida de la Vega. – 1st ed. – Green Bay, WI : Raven Tree Press, 2006.

p. ; cm.

Text in English and Spanish.

Summary: A vegetable garden becomes the unlikely place where friendship, belief in one's dreams and much more than vegetables grow.

ISBN: 0-9741992-9-X hc   0-9770906-0-4 pb
LCCN 2006921408

1. Vegetable gardening—Juvenile fiction. 2. Friendship—Juvenile fiction. 3. Gardening—Juvenile fiction. 4. Bilingual books—English and Spanish. 5. [Spanish language materials—books.] I. Illust. Schneider, Claude. II. Title. III. Huerto soñado.

Printed in China
10 9 8 7 6 5 4 3 2 hc
10 9 8 7 6 5 4 3 2 pb
First Edition

www.raventreepress.com

Vegetable Dreams

Huerto soñado

Written by / Escrito por Dawn Jeffers
Illustrated by / Ilustrado por Claude Schneider
Translated by / Traducido por Eida de la Vega

Erin's next door neighbor, Mr. Martinez, was sitting in his backyard. He was old and walked with a cane. They would say hello to each other, but Erin was always too busy to visit much. Today was different.

"What's wrong, Erin?" Mr. Martinez said. Softly, she spoke of her garden dream.

El vecino de al lado, el señor Martínez, estaba sentado en su patio. Era viejo y caminaba con un bastón. Se saludaban, pero Erin siempre estaba demasiado ocupada como para visitarlo. Hoy era diferente.

—¿Qué sucede, Erin? —preguntó el señor Martínez, y ella le contó el sueño del huerto.

Mr. Martinez smiled. He said, "If your parents agree, I will give you part of my garden to plant your vegetables. I will teach you all that I know, but you must do the work."

Erin was so happy. She ran off to ask her parents.

Mr. Martinez sat alone in his backyard. "A garden would be wonderful for me too," he thought.

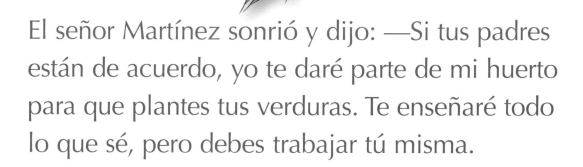

El señor Martínez sonrió y dijo: —Si tus padres están de acuerdo, yo te daré parte de mi huerto para que plantes tus verduras. Te enseñaré todo lo que sé, pero debes trabajar tú misma.

Erin se sintió muy feliz. Corrió a decírselo a sus padres.

El señor Martínez se sentó solo en su patio. "Un huerto también será maravilloso para mí", pensó.

Erin's parents agreed to the new garden plans.

Now, what vegetables would they grow? Erin loved carrots. Mr. Martinez added tomatoes. Her parents wanted corn. Beans, peas, cucumbers and beets would also be included.

Los padres de Erin estuvieron de acuerdo con los planes para el huerto.

Ahora, ¿qué verduras cultivarían? A Erin le encantaban las zanahorias. Sus padres querían maíz. El señor Martínez añadió tomates. También incluyeron frijoles, guisantes, pepinos y remolacha.

Together Erin and Mr. Martinez tilled the soil and bought seeds. Erin watched Mr. Martinez plant each vegetable seed. She watered them carefully. They marked each row to show what they had planted.

Juntos, Erin y el señor Martínez prepararon el suelo y compraron semillas. Erin miraba cómo el señor Martínez plantaba cada semilla. Ella las regaba con cuidado. Marcaron cada surco para saber lo que habían plantado en cada uno.

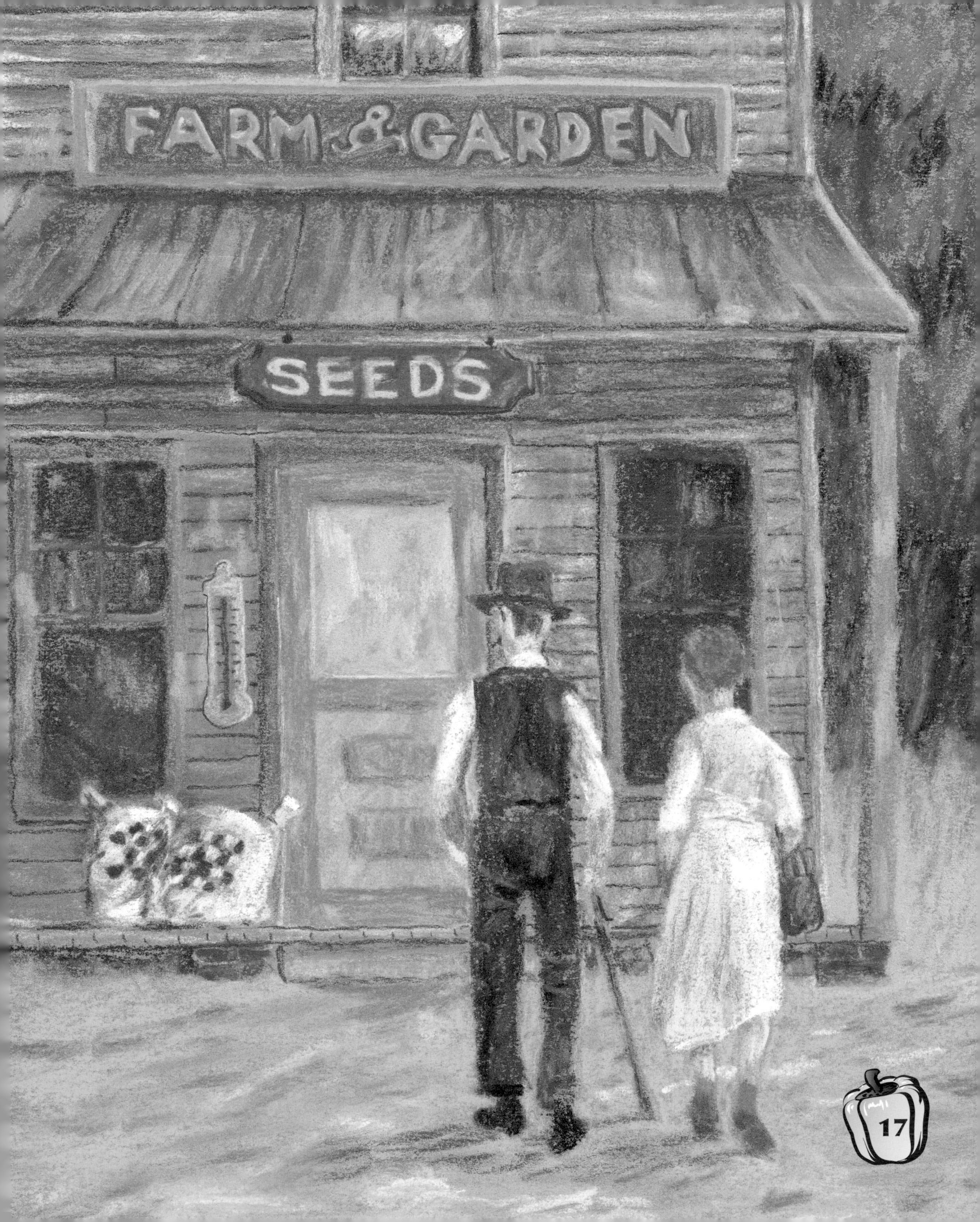
FARM & GARDEN
SEEDS

Each morning the two gardeners met. When they were done with the work for the day, they would sit on the three-legged stools and drink lemonade together. Erin would talk about school and her family. Mr. Martinez talked about his life on a farm as a boy and about his many gardens over the years.

Cada mañana, los dos jardineros se encontraban. Cuando terminaban de trabajar, se sentaban en los taburetes de tres patas y bebían limonada juntos. Erin hablaba de su escuela y de su familia. El señor Martínez hablaba de su vida en una granja cuando era un niño y de todos los huertos que había tenido a lo largo de su vida.

By mid-summer the plants were strong and healthy. Erin was happy to work in the garden and see the plants grow, but her talks with Mr. Martinez were even more important. They laughed together and told silly stories about vegetable-eating dragons.

Weeks went by and finally the vegetables were ready to be picked.

A mediados del verano, las plantas estaban fuertes y saludables. Erin se sentía feliz de trabajar en el huerto y de ver las plantas crecer, pero sus conversaciones con el señor Martínez eran aún más importantes. Juntos reían y contaban historias de dragones que comían verduras.

Las semanas pasaron y finalmente llegó la hora de recoger las verduras.

Mr. Martinez picked the tomatoes first. "One for me, one for the basket," he said. Then he picked the biggest one and ate it just like an apple. The juice dripped down his chin. He smiled and wiped his chin with his shirt sleeve. Erin giggled.

El señor Martínez recogió primero los tomates.

—Uno para mí, uno para el canasto —dijo. Entonces agarró el tomate más grande de todos y se lo comió como si fuera una manzana. El jugo le corría por la barbilla. Sonrió y se limpió con la manga de la camisa. Erin se rió.

They picked the other vegetables that were ready and placed them in baskets. Mr. Martinez put most of the extra tomatoes in sealed glass jars so he could enjoy them all year. Erin's mother made pickles from the cucumbers so Erin could have a taste of her garden whenever she liked.

Recogieron las demás verduras que ya estaban maduras y las colocaron en canastos. El señor Martínez puso la mayoría de los tomates que sobraron en frascos de cristal sellados para poderlos disfrutar todo el año. La mamá de Erin encurtió los pepinos para que Erin pudiera comer de su huerto cuando se le antojara.

With all of the vegetables picked, the plants were bare. The only colors that remained were the brown and green from the dying stalks and stems. The gardeners sat on the three-legged stools one last time to drink lemonade together.

Cuando terminaron de recoger todas las verduras, las plantas quedaron peladas. Los únicos colores que se veían eran los marrones y verdes de los tallos marchitos. Los jardineros se sentaron por última vez en los taburetes de tres patas para beber limonada.

29

"Life is full of surprises," Erin thought. She now realized that her vegetable dream wasn't really about the vegetables at all. Instead, her dream was about the joy in learning new things and the magic of friendship found in a garden.

"La vida está llena de sorpresas," pensó Erin. Se daba cuenta ahora de que la importancia de su huerto soñado no consistía en las verduras, sino en la alegría de aprender cosas nuevas y en la magia de la amistad que había encontrado.

Vocabulary / Vocabulario

garden	el huerto
vegetable	la verdura
dream	el sueño
parents	los padres
friend	el amigo/la amiga
farm	la granja
lemonade	la limonada
carrot	la zanahoria
tomato	el tomate
corn	el maíz
bean	el frijol
pea	el guisante
cucumber	el pepino
beet	la remolacha